MINECRAFT
我的世界

官方授权

MINECRAFT
我的世界

石剑传奇1

代码风波

童趣出版有限公司编译　人民邮电出版社出版
北　京

图书在版编目（CIP）数据

我的世界. 石剑传奇. 1, 代码风波 / 瑞典魔赞公司著；童趣出版有限公司编译；肖雨婷译. -- 北京：人民邮电出版社, 2024.2
ISBN 978-7-115-63503-7

Ⅰ.①我… Ⅱ.①瑞… ②童… ③肖… Ⅲ.①儿童小说－长篇小说－瑞典－现代 Ⅳ.①I532.84

中国国家版本馆CIP数据核字(2024)第013234号

著作权合同登记号 图字：01-2023-4197

本书中文简体字版由哈珀柯林斯出版有限公司授权童趣出版有限公司，人民邮电出版社出版发行。未经出版者书面许可，对本书的任何部分不得以任何方式或任何手段复制和传播。本书只限于中华人民共和国境内（香港、澳门、台湾地区除外）销售，任何在上述地区以外对本书的销售行为，均构成对权利人的权利侵犯行为，应承担相应法律责任。

Original English language edition first published in 2021 under the title Minecraft: The Stonesword Saga by HarperCollins Publishers Limited, 1 London Bridge Street, London SE1 9GF, United Kingdom and 103 Westerhill Road, Bishopbriggs, Glasgow G64 2QT United Kingdom. Copyright © 2021 Mojang AB. All Rights Reserved. Minecraft, the Minecraft logo and the Mojang Studios logo are the trademarks of the Microsoft group of companies.
language translation © 2021 Mojang AB.
All information and stats are based on Minecraft: The Stonesword Saga Edition.

翻　　译：肖雨婷	责任编辑：刘佳娣
执行编辑：于鹤云	责任印制：李晓敏
封面设计：关昭昕	
排版制作：北京天琪创捷文化发展有限公司	

编　　译：童趣出版有限公司
出　　版：人民邮电出版社
地　　址：北京市丰台区成寿寺路11号邮电出版大厦（100164）
网　　址：www.childrenfun.com.cn

读者热线：010-81054177
经销电话：010-81054120

印　　刷：天津千鹤文化传播有限公司
开　　本：889×1194　1/32
印　　张：4.75
字　　数：85千字
版　　次：2024年2月第1版　2025年4月第2次印刷
书　　号：ISBN 978-7-115-63503-7
定　　价：20.00元

版权所有，侵权必究。如发现质量问题，请直接联系读者服务部：010-81054177。

和朋友们一起,开启《我的世界》冒险之旅吧!

序 章

西奥·格雷森独自站在主世界里。

他不该一个人出现在这里。他的朋友们定下的最重要的规则之一，**就是严禁单独进入《我的世界》**。

毕竟，这里游荡着各种怪物，而西奥和他的朋友们装备着用最新科技制成的 VR 眼镜，这能让他们真正进入游戏世界。换句话说，所有怪物、所有危险——一切未知，都是真的。

然而今天，在好奇心的驱使下，他还是独自来到了这里,来寻找一些新的……不同寻常的东西。

西奥看见了《我的世界》里那些最普通的生物——鸡、羊、猪、牛之类的。

忽然间,他的眼角闪过一丝斑斓的色彩。

西奥的虚拟形象并没有心跳,但他却感到自己的脉搏在加速。他的虚拟形象也没有肺,可他却觉得自己快要喘不过气来。他迅速转身,望向天空。

就在那儿,在半空中扑扇着翅膀的,正是一只蝴蝶。

"我成功了!"尽管孤身一人,西奥还是大喊出声,"我造出新生物了!"

他希望朋友们能对他刮目相看,也希望他们别生气——就在那天,他已经打破两条规则了。

他不该修改代码的。

然而,他个人其实并不太同意这条规则。

只是加了一点点模组而已。

再坏又能坏成什么样呢?

第一章

万变不离其……
不对,这次真的不一样了。

西奥早早就来到了伍德斯沃德中学,他还是头一次这么盼望上学。

毕竟,他有事要和他的朋友们分享——大事,还是关于《我的世界》的大事。

西奥是《我的世界》某非正式社团的新成员。一般来说,社员们都会在放学后聚到计算机实验室里,利用共享服务器一起玩《我的世界》。

然而西奥可等不到放学后了,他想要立刻和伙伴们说上话。

他来到了那棵巨大的橡树下,社员们有时会赶在上课前在那里碰头。然而今天,树下只有一个戴着软呢帽和墨镜的身影。虽然对方乔装打扮了一番,但西奥还是立刻认出,那是茱迪·穆卡多。

"嘿,茱迪。"他说,"你有空吗?"

"茱迪?谁是茱迪?"茱迪说道,**"我是特工J,才不认识什么茱迪呢!"**

"哦,"西奥说,"是我认错了。"除了陪她玩下去,还有什么别的选择呢?

一阵尴尬的沉默后,特工J把墨镜往下拨了拨,轻声说道:"开玩笑呢,是我,茱迪!但是先别急——**我正在执行潜伏监视任务。**"

她靠在树干上,四下窥视了一番。西奥也跟着她这样做了,但并没有看到任何可疑迹象。草地上聚着几个学生，安全巡逻员们守着十字路口，街对面就是公共图书馆。

"我们到底在找什么啊？呃，特工J？"西奥问道。

"博士刚搬着一堆仪器进图书馆里了，"茱迪瞄了一眼她的手表，"准确来说是四分四十二秒之前。她搬的还是那种高级仪器。"

"这有什么问题吗？"西奥问。"博士"指的是**卡尔佩珀博士，他们的科学老师**。西奥知道她喜欢摆弄科学仪器，也知道她的这一爱好往往会造成一些小麻烦。她捣鼓出来的东西总是和预期不太一样。

"博士干的所有事情都有问题。"茱迪回答，"搬仪器本身可能没什么害处，说不定本来也没什么事！"

"对啊，"西奥说，"你是不是太——"

"但是，万一她是在把图书管理员换成电子仿生人呢？一旦电子仿生人掌控了图书馆，他们就掌握了信息；**一旦掌握了信息，他们就能控制全世界**。你想想他们会让我们交多少图书归还超期费啊，西奥，那简直是个天文数字！"

"是啦，"西奥说，"或许你是对的。但有没有可能，她只是想要捐赠旧仪器呢？也有可能她是在换空调，或者——"

"先别说话！"茱迪打断了他，**"她来了。"**

西奥再次探头看去。茱迪说得没错，博士正穿过十字路口，朝着学校走来。

"我得去跟着她。抱歉啊，西奥。"

西奥耸了耸肩。"没什么，你去吧。不过其他人都在哪儿呢？"

"不知道。"茱迪边说边在附近的灌木丛边蹲了下来，"小波今早应该在体育馆里吧。你去看看！"

正如茱迪说的那样，**小波**确实在体育馆里。西奥看着他加速冲过篮球场，轮椅在极小的地方转了个弯，接着他伸手将球向篮圈投去。唰！球直接空心入网。

尽管西奥对体育一知半解，**他还是很容易就看出来小波是个明星球员**。伍德斯沃德篮球队是一支加入了残障球员的混合队，因此在比赛中每个人都需要使用轮椅，哪怕有些队员日常并不需要借助轮椅出行。这需要很高强度的训练——而小波居然还能腾出时间来参加别的课外活动，其中就包括《我的世界》社团。

对西奥来说，早起并赶在课前参加体育训练简直是天方夜谭，他连起床赶上早饭都勉勉强强。**他打了个大大的哈欠，没想到就被飞来的一个球砸中了！**

"抱歉，西奥！"小波边说边摇着轮椅向球场边缘赶来，"刚刚的球传得太糟糕了。我简直不像是在打篮球，而是在玩躲避球！"

"没关系。" 西奥说道。他从篮架下捡回了球，"我本来也是来找你说事的。"他边把球递给小波，边压低了嗓音，**"是关于《我的世界》的，以及——大唤魔者。"**

小波听罢，下巴都快掉了。他的注意力被牢牢抓住了。

"快点儿啊，小波！"其中一名队员大喊道。

"快回来！"另一名队员也开口了，"你明显需要多加练习。"

"哦——得了吧！"小波笑着说，"我会让你知道谁才需要多加练习！"他转身又面对着西奥，"抱歉，兄弟，咱能等下说吗？"

"当然，"西奥浅浅皱了下眉头，"你知道其他人都在哪儿吗？"

"我知道哈珀在实验室里捣鼓东西。去那儿找她吧!"

哈珀·休斯顿的附加学分实验正进行到一半,这是她最喜欢的晨间活动。她拿着移液管,正一滴一滴地将液体转移到烧杯里。忽然,她瞟到了西奥。

"抱歉,西奥。"哈珀说,"我现在没法儿和你讲话。**如果我的注意力被分散了哪怕一点点,整个实验就会……**"

"爆炸?"西奥语气里的热情似乎过了头,毕竟他最喜欢的科学项目都是和火箭、火山、汽水喷泉有关的。

"当然不是。"哈珀说,"我做的实验一点儿都不危险。但如果我的测量出错了,**整个学校就会充满像臭鼬释放的臭屁一样的气味!** 这是谁都不想看到的。"

西奥赶紧退了一步。"你说服我了。"他说,"我绝对不会分散你的注意力的,绝对不会告诉你……《我的世界》里那位人工智能朋友的最新消息。"

哈珀的双眼在护目镜后无限放大。"西奥,你这个坏蛋!你明明知道这是现在唯一能让我分心的事情!"

他确实知道。哈珀是西奥认识的最聪明,也是最有好奇心的人之一。她崇拜博士,热爱科学,也十分关注生态保护学。

哈珀还是一位极其聪明的《我的世界》玩家。她似乎把所有酿造台公式和药水配方都铭记在心。也难怪她会对那位被称为大唤魔者的人工智能朋友如此感兴趣。

然而,西奥可不想成为一大早就把学校搞得臭烘烘的罪魁祸首。

"抱歉,抱歉。"他笑着说,**"我一会儿再来和你说吧。上课前我得先去找一趟摩根。"**

"去咖啡厅看看吧,"哈珀说,"他应该在那里学习。"

当西奥靠近**摩根·穆卡多**时,摩根甚至都没把头从课本里抬起来。

"现在不是时候,西奥。"摩根说,"很抱歉,我有场考试还没准备。"

"没关系。"西奥这样说着,声音里却有掩藏不住的失望。**他从没想过会度过这样一个早晨:**为什么他所有的朋友一大早都在忙东忙西?

摩根似乎感受到了西奥的情绪。他叹了口气,从书堆里抬起头,"是很重要的事吗?"

"差不多吧。"西奥说,**"是关于大唤魔者的。不过我可以等会儿再跟你说。"**

摩根啪的一下合上了书,倾身向前。"你怎么不早说啊?"他问道。

西奥咧嘴笑了。他早该想到的——摩根永远愿意为《我的世界》腾出时间。

"我一直在学习编号代码,"西奥说,"学习和模组有关的一切。你知道模组是啥,对吧?"

"大概吧。"摩根说,**"我知道模组就是mod,是英语单词'modification'的简称,也就是改动,差不多就是修改游戏代码吧。"**

"基本都对了,"西奥说,"除了一点,你并不是真的修改游戏代码,而是在游戏代码之上再附加一层。《我的世界》模组可以用来创造新的方块、武器、宝石之类的东西,但本质上并不会干扰游戏运行。它只是用一点儿小小的手段让游戏产生一些不同。"

摩根点了点头。**然而他和朋友们玩的《我的世界》版本可不止"一些"不同。**那是一个异乎寻常、独一无二的版本。先前，博士曾用学校里的电脑来测试VR、人工智能之类的技术，因此西奥、摩根他们玩《我的世界》的时候是可以真正进入游戏内部的。他们的思维会被导入一个神奇的世界中，**那里的一切都有生命，都在呼吸……当然，那种情况下的生存模式可就不再是一般意义上的生存模式了！**

他们也并不是那个世界里唯一的外来者——游戏里还有个人工智能，自称"大唤魔者"，早先曾是他们的敌人，不久后和他们成了朋友……而现在，他亟待被解救。

没有人知道为什么大唤魔者会变成一块石头，一尊没有生命的雕像。他不会动，不会感知，也不会思考。

西奥下定决心要解开这个谜题。

"你是在想办法帮助大唤魔者吗?"摩根问道,"这就是你自学模组的原因?"

"没错。"西奥点了点头,"博士是用模组来修改游戏的,**这意味着最初将大唤魔者接入游戏靠的就是这个东西。**所以我一直在尝试制作自己的模组,不断练习、试验。等我搞明白大唤魔者到底怎么了之后,就能救他了!"

他等着摩根露出笑容,然而摩根看起来却十分严肃。"我不确定这个方法好不好,西奥。"他终于开口了,"摆弄这些东西风险太大了,万一你把事情变得更糟了怎么办?"

西奥不知道该怎么回答。他本以为摩根会因为这个想法而激动万分。

"晚点儿再说吧。"摩根发话了,"我真得学习了。"

"好吧。"西奥说。

"还有,西奥,"摩根说,"**在我们讨论好之前,别再乱动任何东西了。新的模组不能加,旧的模组不能改,懂了吗?这应该是一个集体决定。**"

"行吧。"西奥说,"当然了,集体决定。"

然而西奥知道,说什么都太迟了。他已经制作出了新的模组,也已经修改了博士的代码,**并且没有告诉任何人**。摩根要是知道了绝对会不高兴的。

西奥决定保持沉默,并暗暗希望没有被自己涨红的脸出卖。幸好,摩根又把头埋进书堆里了。

那天晚些时候,西奥再次见到了其他社员。他们像往常一样,在计算机实验室外会合。

放学后就是一起玩《我的世界》的时间了,大家在游戏里一起冒险,一起建造各式有趣的东西。

然而那天似乎不太一样。

摩根一把推开计算机实验室的大门,所有人都倒吸一口凉气。

"天哪,发生什么事了?!"小波大喊。

哈珀和茱迪异口同声地说道:"电脑……"

"不见了!"西奥说道。

第二章

不许在我的计算机实验室里胡闹，蝴蝶……如果你真叫蝴蝶的话！

摩根愣住了。他说不出话来，身体也动弹不得，就好像他的大脑无法理解眼睛所看到的一切一样。

计算机实验室是他最喜欢的地方。这简直是个绝无仅有的秘密基地——他可以把作业和家务统统忘掉，可以尽情地和朋友们一起在《我的世界》里冒险、欢笑。

然而此时，**计算机实验室不见了**，取而代之的是一片室内丛林一样的东西。这里面到处都是翠绿的树叶，空气温暖潮湿，就像是凭空冒出了一片热带雨林!

他们走错教室了吗?他们走错学校了吗?他们走错星球了吗?到底发生什么事了?

"**这些植物都是从哪儿来的?**"茱迪问道。她伸长脖子,歪着脑袋,以便看得更清楚。

"这些都是盆栽,"哈珀说着,顺手拨开了一片挡住视线的树叶,"并不是从地上长出来的。这说明是有人把它们搬过来的。"

"这些茧也是被人搬过来的吗?"小波问道。

"什么茧?"茱迪问,"哪儿呢?"

小波摇着轮椅来到一株植物前,伸手指向一个小小的茧,又移向下一个,再下一个……等摩根终于注意到茧的存在后,他发现其实满屋子都是!树叶上、灯架上、窗台上,到处都挂满了茧。

"我觉得,这些都是蝴蝶的茧,"哈珀说,"还是不同种类的。"

"这肯定是博士新搞出来的疯狂科学实验!"茱迪说。

"这周上课要学和蝴蝶有关的知识,我是知道的,"西奥说道,"但哪怕是博士也做不出这种事情吧。"他边说边好奇地伸出手指,想要戳一戳挂着的茧。

"小心点儿!"哈珀说,"它们很脆弱的。"
可西奥还是将手指伸了过去。"你想啊,世界上有成千上万种蝴蝶。它们要真那么脆弱,就不会存活下来了。"西奥说道。

一般来说,摩根会在这种时候让西奥住嘴,然而他还沉浸在震惊之中。"我完全不能理解。"他说着,扑通一下坐到了地上,把头埋进手心,**"电脑都去哪儿了?"**

茱迪打了个响指。"公共图书馆!"她说,"今天早上,我看到博士搬了一堆仪器过去。她肯定是在放置那些电脑。"

"其中可能就包括我们用来玩《我的世界》的服务器。"西奥说,**"还有那些 VR 眼镜——它们也不见了。"**

"我们应该亲自去看看,"小波说,"现在就去!"

知道电脑被搬去哪儿了之后,摩根感觉好多了。每次妹妹假扮特工时,他都会逗弄她一下,但茱迪确实擅长发现那些一般人注意不到的事情。"我和茱迪得先给爸爸妈妈打个电话,"他说,"我们得获得准许才能出校。"

哈珀拿出了她的手机——她是所有人里唯一有手机的人。"我们可以轮流给家长打电话,"她边说边把手机递给了摩根,"不过得快点儿,我好想立刻就知道那些电脑是怎么回事!"

摩根完完全全赞同!

埃克斯卡利伯县立图书媒体中心就在伍德斯沃德中学正对面,那是一幢高大的混凝土建筑。小时候,摩根几乎每周末都会和家人一起来这里听故事或看木偶表演,然后再带上一堆图画书回家。

而图书馆之行的必要环节就是去门口看一眼那座雕像。摩根最喜欢这种可以用手触摸的雕像了!那是一个石剑雕像,和传说中亚瑟王的埃克斯卡利伯神剑一模一样。正因如此,孩子们都喜欢叫这里"石剑图书馆",而不是什么又臭又长的埃克斯卡利伯县立图书媒体中心。

这天,经过雕像的时候,摩根又伸手摸了一下,以求好运。

刚一进门,他们就看到了两个熟悉的身影站在大厅里。

他们的班主任密涅瓦女士正在和科学老师卡尔佩珀博士谈话。她俩是摩根最喜欢的两位老师,虽然两人常常看不对眼。事实上,摩根几乎立刻就意识到了,两位老师正吵得不可开交。

"当然不行了,博士!"密涅瓦女士说,"不能在这里。**图书馆可是我的快乐源泉!**"

"我只是想让这里更快乐一点儿!"博士说,"不要拒绝进步,密涅瓦。"

摩根真的很想立刻跑到博士面前,问问她计算机实验室到底是怎么回事。密涅瓦女士说不定也知道这件事,她可是唯一知道大唤魔者的成年人,**甚至还会和他们一起去《我的世界》冒险,为他们提供必要的帮助。**密涅瓦女士搜集材料的能力在成年人中可以说是数一数二了。

然而摩根知道,无论发生什么,都不应该打断

别人的谈话。

"你已经把伍德斯沃德中学变成你的私人高科技乐园了,"密涅瓦女士对博士说道,"储物柜都带有生物识别锁,头顶的吊灯是由口哨控制的,**咖啡机还会在你做咖啡的时候和你聊天气。**"密涅瓦女士说着,揉了揉太阳穴,"可是那咖啡根本不好喝!"

"这些都是很好的发明。"博士争辩道,"**我已经让伍德斯沃德中学变成这一街区最先进的学校了**,难道还得为此道歉不成?也别跟我说什么咖啡的事儿。咖啡本来就不好喝,你还喝那么多。你今天喝了几杯了?"博士凑上前去用力嗅着,"从你呼出的气来判断,至少五杯。"

密涅瓦女士赶紧吸了一大口气:"你怎么敢?!"

西奥在摩根身旁偷偷笑着。"哇哦,这也太好玩了。"他说,"我应该带些爆米花进来的。"

摩根倒不觉得有啥好玩儿的。看到老师们吵架让他无比焦虑。

"你们忘记登记啦。"一个声音忽然响起。摩根转过身,看见一位拿着记事板的男人。他虽然已经成年了,但显然比老师们年轻,他还穿了一双彩色的鞋子来搭配领带。

一瞬间,摩根还以为他们有麻烦了,然而男人只是微笑着将记事板递给了摩根。"你们是伍德斯沃德中学的学生吧?在这里登记一下就能进去啦。"

"谢谢。"摩根边说边在纸上签名,**"我还**

是第一次在没有家长陪同的情况下过来呢。"

"而且我俩少说也有一年没来过了,"茱迪说道,"我们最近去的都是学校图书馆。"

男人瞪大了眼睛。"那你们可就需要导览啦。过去一年,这里变了好多呢。"等大家都签完名后,男人将记事板拿了回去,轻轻晃了两下,"这玩意儿也该换一换了。我是说,用夹在记事板上的纸作为计算机机房的登记表,总感觉有些老套,你们不觉得吗?希望博士能帮上忙吧。"

"博士在这里工作吗?"哈珀问道。

"倒也不是正式的工作。"男人,也就是图书管理员说道,"她只是会帮忙升级一些设备。"

摩根偷偷瞄了一眼博士,她和密涅瓦女士仍然在大厅里边挥手边大声交谈着。

"来个人让她们安静点儿就好了。"那男人说道,"只可惜我不是那种爱管闲事的图书管理员。"他微笑了起来,"**我叫马洛里,是新来的媒体专家。我带你们逛一圈儿吧。**"

马洛里先生带着他们简单地参观了一下。摩根本以为他只会看到一大堆图书,可事实上,图书馆里还有许多黑胶唱片和 DVD,甚至还有电子游戏!

哈珀跑到一台巨大的电子仪器前问道:"这是 3D 打印机吗?"

"没错!"马洛里先生说,"今年你们要学的一些科学研究课会用到这台仪器。还有这边,看!"他伸手指向一扇巨大的玻璃窗,透过玻璃窗可以看到房间里有一个戴着 VR 头盔的青年正坐在一台带有方向盘的电脑前。"这是我们的驾驶员教育厅。虽然现在只有一套设备,但我希望日后能引进更多。"

小波快乐地高呼了一声:"**VR 能教我开车?我要报名!**"

马洛里先生笑了起来:"那恐怕得等你长大些

才可以哦,这个教育厅只对十六岁以上的人开放。"

茱迪咧开嘴对着小波笑了:"等我们长到那个年纪的时候,说不定已经有技术能把整本驾驶指南植入我们的大脑了。"

"很有可能哟。"马洛里先生说道,**"科技的发展是很迅速的,**所以像我这样的教育者得不断学习才能跟上。"

"我十分同意你的说法。"一个熟悉的声音响起——博士朝人群走来,她的嘴角简直要咧到耳根了,"马洛里先生和我会将这幢建筑带入新纪元!"

"这地方现在就挺好的。"密涅瓦女士跟在博士身后走了过来,嘟囔了一句,"这里没多大空间让你发挥了。"

"如果我们能把图书全都数字化,就有足够空间了。"博士边说边在密涅瓦女士的鼻子底下挥舞着一台平板电脑,**"这么小小的一台平板电脑就能装下整座图书馆的书!**我们根本没必要让书架和图书占据这么多地方。""我们永远有必要为图书留出空间。"密涅瓦女士说道,"更别提是在图书馆里了。"她闭上眼睛,深深地吸了一口气,"不管怎么说,图书馆里就该有图书的气息。我喜欢这种味道,难道你不喜欢吗?"

博士轻轻嗅了一下……然后迅速打了个喷嚏。"我对灰尘过敏。"她说。

马洛里先生赶忙上前一步。"别担心,密涅瓦女士,"他说,**"这些图书会安然无恙的。"**

密涅瓦女士点了点头。"有你这句话就够了。我就知道我能放心把石剑图书馆交到你手上。"她转身对孩子们说道,"这位马洛里先生几年前也是我的学生。我之前就有种预感,他会成为一名图书管理员的。"

马洛里先生清了清嗓子:"严格来说,我其实是媒体专家。"

密涅瓦女士冲孩子们笑了笑:"就我个人而言,

我还是喜欢被称作'图书管理员'。"

摩根也对着她绽开了笑颜。密涅瓦女士玩《我的世界》的时候就会使用改造过的村民皮肤,并叫自己"图书管理员"。

"这倒提醒了我。我大概知道这群学生在找什么东西了。"密涅瓦女士说着,从她的大行李袋里掏出了一套大家熟悉的 VR 头戴式设备。

摩根终于大大地松了一口气。**这套 VR 头戴式设备可不简单,博士给它配备了顶尖的科技,放眼全球也只有六套而已!**

"真是太好了。"摩根迅速从密涅瓦女士手中接过了设备。

"我激动得都快忘记问了,"茱迪说,**"所以计算机实验室到底是怎么了?"**

密涅瓦女士扬了扬眉

毛,看向了博士。"是啊,博士,"她说,"要不你来跟我们解释一下?"

"行吧,是这样的,理论上来说,是我的错。"博士说,"周末的时候,我忘记把生态缸的盖子关上了。"

"原来如此。"小波说着,敲了敲自己的下巴,"生态缸……那这一切就解释得通了。"可紧接着,他就凑到哈珀身边耳语道,**"生态缸是什么东西?"**

"和水族箱差不多,"哈珀说,"只不过里面没有水。"

"没错。"博士说道,"我忘记关上的这个生态缸里装满了毛毛虫,这些小东西全出来了,爬得到处都是。"

"博士不想去惊扰那些毛毛虫,尤其——它们还开始结茧了。"马洛里先生说道,"于是她就问我们,能不能把电脑搬到这里来。所以现在,伍德斯沃德中学拥有了自己的蝴蝶谷,**而石剑图书馆**

则变成了博士的教室，以及课后活动室。"

"希望你能考虑清楚后果。"密涅瓦女士说道，"博士确实很聪明，但她所到之处必定都是灾难。"

"话可不能这样讲啊，密涅瓦女士。"博士说道，"你不该在马洛里先生面前说这种话的。"

"我说的是实话！" 密涅瓦女士说道，"还是说你忘了今早的事？你的人工智能播音员居然在教大家怎么造出更大、更湿的唾沫球。"

"孩子们很关注这类消息的！"博士为自己辩护着。

"我听不下去了。"密涅瓦女士说着，**将一整套设备递给了摩根，然后迅速跑了出去**，"我要来杯正宗的咖啡。"

"我们还没……讨论完！"博士边说边追了出去。

马洛里先生叹了口气。

"早知道一开始就让她俩安静点儿了。"他边说边露出了恶作剧般的笑容。

"她们确实经常有分歧。"茱迪说,"但刚才的矛盾似乎格外激烈呢。"

摩根紧紧将设备抱在怀里。"马洛里先生?"他问道,"我们可以用从伍德斯沃德中学搬来的电脑吗?"

"当然可以。"这位媒体专家说道,"博士已经把所有设备都调试好了,你们可以直接使用。"

摩根长舒了一口气。**他感到身边的一切似乎都在飞速变化着,这让他猝不及防。**

然而永远有一个地方能让他安心,那便是《我的世界》!

第三章

当一个绝妙的计划忽然开始变得特别特别糟糕，那种感觉……

茉迪在《我的世界》里睁开眼，全3D的主世界在她眼前无限延伸。每到这种时刻，她都会兴奋不已。这简直和真实的世界一模一样——这是她触手可及的虚拟现实。

然而与此同时，她的内心也闪过了一丝失落。眼前是绵延不绝的山丘、低矮的树丛、摇头晃脑的鲜花和耀眼的方形太阳……唯独没有她的朋友——艾希。

艾希·卡普尔曾是这支《我的世界》小队的重要成员。她是侦查员，是天生的领导者，也是一位很好的听众。可自从她搬家之后，一切都变得不同了。

她们之间仍然保持着联系，艾希甚至带走了第六套 VR 头戴式设备，期望着能时不时回到游戏世界里与大家重聚。然而事与愿违，搬去新家后，艾希总是很忙，她的新学校也有着和伍德斯沃德中学截然不同的时间表。

茱迪很想念她的朋友。

"那边那个是啥？"哈珀问道，"是骆驼吗？"

"你最好去医院检查一下视力，哈珀。"小波笑道，"我才不是骆驼呢。我是蝴蝶！"

小波喜欢每隔几天就给自己的虚拟形象换一次皮肤。今天，为了致敬计算机实验室里的那些茧，他给自己换上了一套蝴蝶皮肤。

然而哈珀指的并不是小波。"没说你，"她说，"是那边，在山坡上的那个。你看！"

茱迪转身去寻找哈珀所说的怪东西。**那是一尊巨大的混凝土动物雕像，就蹲伏在距离他们最近的山坡上。**雕像的口中垂下一条小小的瀑布，落在草地上，形成了一条小河。茱迪立刻认出，这是艾希的杰作。

"**这是美洲驼。**"茱迪笑着说，"你看，它的动作像是在模仿美洲驼吐口水呢。"

"我觉得更像是在流口水吧。"小波说道。

"不管怎么说，还是很酷的。"摩根说道。"这一定是艾希建造的，"他转身对茱迪说，"这是她向

你打招呼的方式,茱迪。她知道你有多喜欢美洲驼。"

茱迪的心忽然变得很柔软。这大概是艾希能想到的最好的道歉礼物了,艾希就像在对她说:"对不起,但我想你了。"

而另一边,西奥还在围着大唤魔者转悠,丝毫没工夫去管雕像的事。"简直不敢相信,"他闷闷不乐地说道,"大唤魔者还是结结实实的一块石头。"

茱迪从上到下打量了一遍大唤魔者。西奥说得没错,大唤魔者一点儿都没变,仍然待在他变成石头的地方,没有移动一分一毫。没人知道他变成这样的原因和过程。

"嗯，他总得变回去的。"小波说，"对吧？"

哈珀耸了耸她方方正正的肩。"难说，我们没有足够的数据。"

"但我们不能再在这里待下去了。"摩根说道，"我们已经止步不前够久了，就因为还抱着那一点儿大唤魔者能变回去的希望。"

小波意识到摩根说的是对的。**很长时间以来，他们都在同一个地方生成，只因为他们不敢抛下大唤魔者不管**。不过话说回来，他们还是找到了很多乐子。小波尝试了很多种不同的皮肤和角色；茱迪也造出了各种雕像；只要周围有矿可挖，哈珀就能心满意足；而只要有怪能打，摩根也同样乐得自在。

敌对生物是打不完的，它们总会在日落后源源不断地冒出来，然而好的材料却不多。小波和他的朋友们意识到，他们已经快把脚下山洞里的好东西挖完了，里面几乎只剩下石头和泥土了。

"我觉得我们该走了。"哈珀说道,"如果我们想要新的材料,就得去新的地方。"

茱迪的下巴都快掉了。**"但我们不能离开他!"** 她说,"我们才刚刚说服他做我们的朋友。要是他醒来之后发现我们抛弃了他,会作何感想?"

哈珀挠了挠下巴。"好吧,那如果我们把他带上呢?"她建议道。

小波用夸张的动作试着推了推大唤魔者。**"他好重。"** 他说。

"嗯。"西奥眯了眯眼睛,"《我的世界》里其实并不存在重量这个概念,所以他怎么可能很'重'呢?"他用手指戳了一下这尊雕像,"我倒觉得,他更可能是被固定在地上,变成布景的一部分了。所以我们可以试着移动一下,就用……"

"用精准采集!" 摩根说道。

"那是什么?"茱迪问道。

"那是一种魔咒。"她的哥哥用专家的口吻回答道，"如果你用精准采集给工具附魔，就能在不打碎固定物体的情况下将它移走。**差不多就是……把它敲下来。**"

"我觉得值得一试。"哈珀说道。

"大唤魔者就该自由自在地飞翔，"小波边说边浮夸地扇动着他的虚拟翅膀，"就像我一样！"

摩根用他四四方方的眼睛朝小波的大蝴蝶翅膀翻了个白眼，茱迪却咯咯地笑了起来。

"那我们就造一把由精准采集附魔的镐，把他弄下来，"西奥说道，"然后放到矿车上，再造一条铁轨，这样就能带着他去往我们的下一个基地了。"

"我喜欢这个主意！"茱迪说，"不错的计划，西奥。"

西奥笑得格外灿烂。"谢谢。"

"附魔需要的材料，我们应该都有了。"哈珀说着，跑进了一幢小小的建筑，那里有他们的床和装满材料的箱子。**他们管那个地方叫棚屋。**回来后,她先在草地上支起了附魔台,接着掏出了一块闪闪发光的蓝色石头。"我一直想找个好机会用掉这块青金石。"

"哇,真漂亮。"茱迪称赞道。

"不仅漂亮……还很强大。"哈珀说道,**"青金石能提供附魔所需的能量哟。"**

摩根又在附魔台边搭起了熔炉。"我们最近挖了很多铁矿石,"他说,"该把它们都炼成铁锭了,之后造矿车和铁轨都用得着。"

"我去拿铁矿石。"小波边说边扑扇着翅膀飞进了棚屋里。

"我有镐。"西奥说着,掏出了一把铁制工具,"给,哈珀。开始你的魔法表演吧。"

整个过程只持续了一小会儿。**哈珀将那块幽蓝色的青金石放进附魔台里,紧接着一道强光闪过,西奥的镐便被"镀"上了一层魔法的光辉。**

"让我来吧。"西奥说着，走向了大唤魔者。他紧握住那把镐，高举过头顶，然后用力一挥。

镐与石头相触的地方瞬间**出现了一道裂痕**。

"快停下！"摩根喊道。

"看起来不太对劲。"茱迪说。

西奥后退了一步，双眼紧盯着大唤魔者和他石质皮肤上的裂痕。

在众人的注视下，**那道裂痕开始不断变深，继而开始发光……**

第四章

**墙不能砌在队友之间，
而要造在你和陌生的敌人之间。**

小波从棚屋里出来时，正好目睹了大唤魔者爆炸的瞬间。

小波不是那种特别严肃的人，平日里很擅长讲笑话来调节气氛。**即使在《我的世界》里遇到了麻烦，他也会很快提醒自己——这只是一个游戏。**

然而这次可不是闹着玩儿的。万一大唤魔者在他们眼前碎成粉末了呢？万一他们的新朋友就这样……粉身碎骨了呢？

残破不堪了呢？

万劫不复了呢？

小波认为自己必须得做点儿什么!

他匆匆穿过草地,用双臂紧紧抱住大唤魔者的身体。如果足够用力的话,或许就能让他的身体复原了吧。

又或许,不能。

一束光闪过,紧接着是陶器碎裂的声音。小波赶紧扇动翅膀向后飞,却撞在了朋友们的身上。大家一下子都倒在了地上。

当小波用力抬起头时,空中已然弥漫起厚厚的烟尘,其中还有一些五光十色的东西到处扑闪着。**是蝴蝶吗?**《我的世界》里不该有蝴蝶啊。然而小波发

誓，他在烟尘中看到了蝴蝶翩翩起舞的样子。

或许，这只是他脑海中的蝴蝶吧。

他用力睁大眼睛，却只能勉强在烟尘中分辨出一个晃动的影子。那是某种比蝴蝶大得多的东西。

"是……是你吗，大唤魔者？"他问道。

没有回答，只有一声低沉的吼叫。

"这显然不是他的声音。"摩根说。

小波依然无法看清烟尘中影子的细节。**这是……翅膀吗？还是巨大的岩石拳头？还是猪鼻子？**

真的非常非常不对劲。

小波忽然开始往外掏各种方块。石头、泥土、红砖——物品栏中有的东西都被他拿了出来。

"造墙，就现在！"他大喊道。

哈珀迅速加入了造墙的行列。他们一刻不停地忙碌着，直到一堵矮墙终于立在了他们和那东西之间。

"你到底看到什么了？"摩根问，而小波只是让他安静。

他们沉默地等待着。在那漫长的一分钟里，**他们先是听到了咕噜声和低吼，还有一连串湿乎**

乎的鼻息，紧接着有拍打翅膀的声音和沉重的脚步声。这些杂乱的声响越来越远，最终，一切都安静了下来。小波又等了一分钟，才敢把头伸到墙外。

外面什么都没有。大唤魔者曾经矗立过的地方只留下了一个深坑。

"刚才那个……到底是什么啊？！"茱迪一边大喊，一边离开了墙体，朝坑里望去。

"不应该啊。"哈珀说道，**"我的魔咒是对的……我确定我用对了。"**

"有谁能来把这东西拿走吗？"西奥边说边把那发着光的镐丢到了一边，"我感觉不太舒服。"

"我不理解。"小波说着，环顾了一下四周，"大唤魔者就这么爆炸了？他……没了？永远没了？"

"应该不会。"茱迪说，**"看这里，有脚印！"**

小波闻声望去，那是一串小小的方块，从深坑一路向外，穿过草地，一直延伸到附近的树林里。

那些方块看起来就像是脚印一般。

摩根看起来有些疑惑。"《我的世界》里什么时候有脚印了？"

"呃，这个我可以解释，"西奥心虚地瞄了摩根一眼，"那是个模组。"

"**博士还添加过脚印模组？**"小波问道，"我们之前怎么没发现？"

"跟博士没关系啦，"西奥说，"**这是我加的一个模组。**"

摩根皱了皱眉头，说："我记得我和你说过，别乱加新的模组。"

"在你说之前，我就加了。"西奥飞快地说道，"但这个模组是完全无害的，甚至还很有用！"他说着说着就笑了，"这是我专门为艾希做的。万一哪天我们要先行离开棚屋，她就可以循着脚印找到我们。"

"她当然可以。"摩根说，"但还有什么东西

可以循着脚印找到我们呢?万一哪天这个模组把怪物引过来了呢?"

西奥的笑容僵住了。"我觉得不太可能吧。"

"你觉得不太可能,"摩根说,"这就是问题所在。你不能确定,你就是在胡闹!"

"摩根,"茱迪说,"别太过分。"

"我没有过分!"摩根争辩道,"我可不像西奥那样,我是个团队玩家。当你和队友在一起的时候,你就应该告诉他们你想做的事情。"他转身面对西奥,"明白了吗,西奥?**你不能随心所欲,想做什么就做什么,否则就会影响到我们**

所有人。"

西奥看起来想要找个地缝钻进去,他方方正正的肩膀都垮了下来。"抱歉,摩根。"他说,"我以后会更小心的。"

摩根似乎接受了道歉,没有再继续话题。

然而小波还在思索着。西奥刚刚说的是**"这是我加的一个模组"**。

一个?

这是否意味着西奥还添加过其他模组?

他们的世界终究要变得更奇怪了吗?

第五章

加入防御圈!
你终会感谢自己做出了这个决定。

哈珀一路跟随着脚印,带领大家走进树林。

"大唤魔者?"紧随其后的茱迪大声喊道,"你在吗,大唤魔者?"

"天啊,这名字也太拗口了。"小波说,"等我们找到他之后,一定要建议他改个名字,比如鲍勃之类的!"

"我觉得,现在还是不要大喊大叫为妙,"摩根说,"这些树底下黑乎乎的,可能会有危险生物冒出来。"

"我们现在找的不就是个危险生物嘛。"哈珀补充道,"如果这些确实是大唤魔者留下的脚印……**如果他刚刚在混乱中活了下来**……那他为什么要往这里走呢?为什么要避开我们呢?"

"是啊,只能先期望有个好结果了,"西奥说着,从物品栏里掏出一瓶喷溅药水,"但也要做好万全的准备。"

哈珀当然希望能找到大唤魔者。**大唤魔者作为先进的人工智能,拥有人类的感情,还和哈珀他们一样热爱《我的世界》**!她不断地想,如果有机会的话,他们一定能从他身上学到好多东西。

再往前走时,哈珀注意到了一丝异常。一分钟前,他们路过的一棵树的树干上少了一个木头方块。一分钟后,那消失的木头方块居然出现在了路的前方。看来,正是那串脚印的主人移动了木头方块。

越往前走,类似的异常就越多:**地上缺了一块泥土,云杉木卡在橡树里**……而且这些异常似乎都是随机出现的。

哈珀正在思索着,忽然瞥见几只蝴蝶在树丛间轻快地掠过。她花了点儿时间才意识到——**《我的世界》里是没有蝴蝶的。**

她赶紧转头去看蝴蝶飞过的地方——什么都没有。

或许小波是对的,或许她真该去医院看看眼睛。

树木在眼前分开,露出了林中的一片空地。云层遮住了方正的太阳,只留下些许暗淡的光。然而哈珀还是看见了,**在空地的最远端,有一个高大**

结实的影子，似乎正在把一些方块堆起来。

"我觉得是他。"茱迪说。

"看起来就是他。"哈珀表示赞同。她感到内心有一股希望在狂涌，不禁大喊：**"大唤魔者！喂！看这里！"**

听到声音后，那影子愣住了，接着转身看向他们。

"那不是大唤魔者，"摩根说，"那是末影人。哈珀，别看他！"

然而已经太迟了。哈珀虽然转过了脑袋，末影人却早已捕捉到了她的视线。

而末影人最讨厌的就是被人盯着看。

那怪物发出了一声低沉可怖的啸叫。哈珀冒险又看了一眼，然而末影人已经不见了。

"他在传送！"哈珀警告道，

然而话音刚落，末影人便出现在了整支小队的中间！他长长的胳膊一甩，哈珀就一个趔趄向后飞去。他再一甩，茱迪和摩根也被击中了。

"哦不，别！"小波边喊边举起了武器。要不是此刻情况危急，哈珀一定会被眼前这只用翅膀举着剑的蝴蝶逗得哈哈大笑。然而不论搞笑与否，小波的攻击都只是徒劳。末影人再度传送走了，小波的剑只击中了空气。

"他太快了。"小波说。

"快得不对劲。"摩根刚说完，末影人就出现在他身后，袭击了他，再一转眼又不见了。

"好疼!"摩根惊恐地环视着整片空地,"再这么挨几下,我感觉我就要不行了。"

"我们快聚在一起,"哈珀说,"背靠背站好,他就没法儿从后面偷袭了。"

"不行,我们得主动出击!"西奥说,**"我以前打败过很多末影人。"**

小波和摩根聚到了哈珀身边。他们举起武器,背靠背站好。**茉迪并不喜欢在《我的世界》里打怪物**,但她知道什么是对抗怪物的好方法,因此也迅速加入了防御圈。

然而西奥还是一个人站着。

"别这么不当回事。"小波说。

"西奥。"茱迪发出嘶嘶的声音，试图吸引他的注意。

"快过来。"哈珀说。

头顶雷声大作。说时迟，那时快，末影人再度出现在哈珀面前，她用力执剑劈下，只一眨眼的工夫——

她的剑消失了。

"刚刚那是什么啊？"她震惊地问道，"末影人把我的剑传送走了吗？"

"别担心，"西奥说，**"我盯着他呢！"**

西奥瞄准怪物，丢出了喷溅药水。然而末影人再度消失了——药水全部洒在了哈珀他们身上。

"小心点儿,西奥!"摩根说。

摩根看起来情况很糟糕,哈珀担心他的生命值已经掉得很低了。"我觉得我们得先撤退一下,好让摩根有机会恢复。"

"**你们先走吧,**"西奥说,"我来掩护你们。"

"别说傻话,"哈珀说,"**这太危险了。**"

就在此时，再一次雷声大作，天空下起了雨。不远处响起了末影人的尖叫，听上去似乎很痛苦。哈珀环顾四周，那敌对生物却连影子都不见了。

"末影人讨厌下雨。"摩根说着，苦笑了一下，"他应该不会回来了。算我们走运，我的血量已经很低了。"

"喝这个吧。"哈珀递给摩根一瓶治疗药水。

"刚刚真的好恐怖，" 小波说，"那东西差点儿就把我们打飞了。"

"一切都在掌控之中。"西奥说,"不就是个末影人嘛!"

哈珀可不太同意西奥的说法。刚才发生的一切丝毫不像是"在掌控之中"。**事实上,艾希的离队和西奥的种种行径早已让他们的团队合作大不如前了。**

至于被西奥轻视的那个末影人……哈珀总感觉,他和一般的末影人不太一样。他的动作快了许多,实力也更强。

并且,他还有一双闪着红光的眼睛,那里面充斥着愤怒与仇恨,以及智慧。那双眼睛如鬼魂般追随着哈珀,一直进入她的梦境之中。

第六章

稀里糊涂的老师，疯狂的科学家，不想要的T恤……午餐还没吃完，就发生了那么多事！

那双红色的眼睛也同样萦绕在摩根心头。

摩根是伍德斯沃德中学出了名的《我的世界》"百科全书"，他对生存模式尤为熟悉。他知道哪些动物是能被驯服的，在哪片高地能找到哪种宝石，还知道对付每一种敌对生物的方法……**因而他明白，此前他们遇上的末影人绝对有问题。**

第二天去学校的路上，他和茱迪说了自己的想法。"末影人的眼睛应该是紫色的，"他说，"但那个怪物的眼睛是红色的。此外，我从没听说过有

什么生物可以直接让玩家的武器消失,就像那天哈珀遭遇的一样。我们到现在都没找到她的剑……"

茱迪边听边频频点头,继而陷入了沉思。

摩根继续说道:**"我从没见过这样的末影人,他更像是……末影魔王。"**

"我还是更担心大唤魔者,"茱迪说,"他到底有没有被末影魔王打死?还有我们在烟尘里看到的那些东西,到底是什么?当时绝对有不止一只怪物在里面,对吧?"

"我打赌,那是西奥的错。"摩根咕哝道。

"摩根！"茱迪说，"友好一点儿。"

"什么？你也听到他说的了，"摩根在空中奋力挥动双臂，**"他一直背着我们添加各种模组，打末影人的时候也不知道在干什么，就好像从没听过'团队合作'这个词一样！"**

茱迪冲他皱了皱眉。**"如果你把他当作团队的一员，说不定他就能展现出团队合作的实力了。"**

"你觉得这是我的错？"摩根问道，"你不能因为他的错误而责怪我。"

茱迪摇了摇头，"我没怪你，我只想指出一点，你对新人总是不太友好。还记得艾希刚搬过来的时候吗?你从不把她纳入任何活动里,但你对她展现出友好的一面之后,她就成了你最好的朋友之一。"

"这就是问题所在了。"摩根说,**"西奥不是艾希。"**

"答应我,你会努力的,"茱迪说,"再稍微友好一点儿,好吗?拜托!"

摩根抱住了双臂。"好好好,行行行。"他说,"我会努力的。"

摩根知道,在午餐前,西奥是不会有机会来和他讲话的。他期望着度过一个轻松、安静的上午。

然而上午刚开始,集合教室里就发生了奇怪的事情。**"突击测试时间,"**密涅瓦女士说道,"大家准备好了吗?"

学生们面面相觑,直到摩根举起了手。"呃,密涅瓦女士，"他问道，"这里是集合教室，测试之类的一般不会在这里进行，对吧？"

密涅瓦女士推了推眼镜。**她的镜片脏兮兮的，头发也乱成一团。**"哦，对。"她说，"我在想什么呢？你说得对，穆里根。"

穆里根？摩根实实在在地担心了起来。"呃，我叫——"

摩根被扬声器里突如其来的啸叫打断了。"今天的晨间通知如下。"校园广播响起，**却并不是大家所熟悉的人工智能机械音。**它更像是人类的声音——某种奇怪的人类的声音，仿佛有人在试图用假声说话。"教工休息室里的精品组合咖啡机和天气预报设备已损坏且无法被修理，除非侮辱过这套设备的人道歉。"

摩根转向了茱迪。"**那是……博士吗？**"他小声问道。

"以上就是今天的晨间通知。"那个声音继续说道,"祝你好运!"

摩根转过身去,细细打量了一下密涅瓦女士。她看起来糟透了。难道是没喝上晨间咖啡的原因?

"我很好!"密涅瓦女士说道。她从桌子底下的失物招领箱里翻出了一盒果汁,眯缝着眼扫了一遍配料表。"水……**奇异果和菠萝汁(菠萝?怪了)……单右旋什么什么浓缩物……他们为什么不往里面加咖啡?**"

"这俩人一定得和好。"茱迪对摩根耳语道。

摩根表示赞同。在集合教室的这段时间里,他每时每刻都期望着密涅瓦女士能抽空去向博士道个歉。

显然,期望中的道歉并没有来。

午餐时,博士在他们的餐桌旁停下了。"你们好啊,《我的世界》的朋友们!"她说,"我来向你们寻求帮助了。"

哈珀立刻兴奋了起来,她从不会放过任何向博士学习的机会。"您需要我们做什么?"她问,"是……科学方面的探索吗?"

博士捂嘴笑了起来。"没错,你太懂我了。我需要几个学生在放学后来蝴蝶谷帮我测试一些数据。"

小波的脸垮了下来。"哦,我可能不行。"他悻悻地说,"我得去参加戏剧社的活动。"

"那我们今天就不玩《我的世界》了。"摩根说道。

"为什么?"西奥问道,"小波不在,我们照样能玩啊,不是吗?"

小波夸张地倒吸一口气。"你敢!"他似乎被这一想法惹怒了。

"这是个不成文的规矩。"茱迪对西奥解释道,

"一般来说，如果有人来不了，我们就不玩游戏了。"

"你们好像有很多不成文的规矩，"西奥说，"或许你们可以考虑写下来。"

为了让摩根知道他只是在开玩笑，西奥是笑着说的。然而摩根还是误解了——他认为西奥是在说大家很霸道。

"不管怎么说，"哈珀瞪了大伙儿一眼，这才转过去对博士说，**"我会来帮忙的。"**

"嗯，"茱迪说，"摩根和我也会来的。"

"十分感谢。"博士说，"你们知道吗，我本来自己就可以做完的……但密涅瓦女士不打算开车送我去参加晚上的羽毛球比赛了，所以我就得骑自行车去。我想要准时到达，就得争分夺秒。"

"天哪，"茱迪说，**"这听起来很紧迫。"**

"哦，我本来也不想搭密涅瓦女士的车。"博士说，"那么，蝴蝶谷见了。"

她三步并作两步地走开了。

"得有人来让她俩和好。"茱迪说。摩根仿佛能听到她的大脑飞速运转的声音——他的妹妹向来无法忍受人与人之间（或是动物与动物之间）有矛盾。

西奥用指节轻敲了几下桌面来吸引大家的注意力。"我为你们准备了一份惊喜，"他说，"本想今晚在图书馆给你们的，但既然社团活动取消了，那我现在就给你们吧。"

"惊喜？"摩根重复了一句，**"别是什么喷溅药水吧。"** 茱迪赶紧用手肘捅了一下他的侧腰。

"我对昨天的事感到很抱歉，"西奥继续说道，"所以熬夜做了这些。"

西奥从一个破旧的纸箱里拿出一件T恤——鲜绿的颜色，宽松的版型，上面还用方方正正的字体写着**"方头帮"**三个大字。

"每个人都有！"他边说边把T恤分发给大家。

"有趣的颜色，"小波说，"像是……鼻屎绿。"

"我完全不懂这个'帮'是什么意思。"哈珀说。

"'方头'又是什么？"茱迪问。

"是我们！"西奥说，"我寻思我们还没有队名，所以……方头帮。"

"很不错呢，西奥。"茱迪说着，又用手肘捅了一下摩根，"你不觉得吗，哥哥？"

摩根举起了他的T恤。出问题了。他明白西奥只是想要示好，然而，他就是很讨厌这件T恤，很

讨厌!

"**是个大方的举动,兄弟。**"小波说。

"我很快就会穿着它来上学的。"哈珀说。

"或许我可以去做一个配套的……呃……美甲!"茱迪说。

摩根意识到,自己已经沉默很久了,所有人都在盯着他看。

"**这……挺好的。**"他说,"**谢了,西奥。**"

然而他的话听起来并不真诚,西奥脸上的失落说明了一切。

就在这时,铃响了。午餐时间结束了,所有人都开始收拾自己的东西。

"谢天谢地。"摩根轻声咕哝道。

茱迪狠狠瞪了他一眼。可他又能怎么办呢?

摩根也不想成为这么小气的人,然而他的真实感受就是,西奥的所作所为让他完全无法友好相待。

第七章

"蜕变"是"改变"的高级表达，
希望蜕变后的一切都会
好起来……

放学后，茱迪径直来到了曾经是计算机实验室的蝴蝶谷。

一打开门，她就惊喜地看到了一张熟悉的面孔。

"甜颊男爵！"她说，"你在这儿干什么呀？"

他们的班级仓鼠吱吱叫着，仿佛在问好。它被

装进了一个塑料的仓鼠球里,一路滚到了茱迪眼前。她连鼠带球都捡了起来。

哈珀从一盆象耳植物背后探出头来。"我带它过来的。"她说,"这周轮到我照顾班级仓鼠,我寻思它也需要运动一下。它看起来很喜欢这个地方,这里简直跟户外没啥区别。"

"是啊,不过这里的空调是怎么了?"摩根扯了扯已经湿透的衬衫,"热得难受,**就好像我们真的在丛林里一样!**"

"空调是故意调成那样的。"哈珀说,"之前博士一直把这些毛毛虫放在生态缸里，以便控制温度和湿度。但现在……鉴于它们都逃出来了……"

"整个房间就变成大生态缸了。" 摩根说，"懂了。"

"我们只需要测试一些数据，"哈珀说，"然后向博士汇报就行了。之后她来决定要不要再多弄些植物进来，或者再调一下恒温器之类的。"

"希望这些小家伙能喜欢这里。"摩根边说边凑上去，端详着一个茧。

"一定会的！"茱迪说，"它们破茧成蝶的时候，就会知道我们曾用心照顾过它们，就像我们照顾甜颊男爵一样。"她把仓鼠球重新放回地上，甜颊男爵又开始满屋子跑。

"不过还是挺奇妙的。"摩根说，**"这些小东西不到一周前还都是毛毛虫呢，现在就要变成蝴蝶了？"**

"没错。"哈珀说，"这就是蜕变——也就是'改变'的高级表达。"

摩根皱了皱眉头。"我感觉我们也在经历蜕变，现在的一切都和过去大不相同。"

茱迪拍了拍哥哥的背。**"没有什么是永恒的，"** 她说，"改变永远在发生。"她又偏过脑袋，往自己身后看去，"要是我们能长出翅膀就好了，这绝对是我想要的改变！"

忽然，**哈珀的背包里传来响声。**

"哦！"哈珀说，"是我的手机。"她在包里摸索了一会儿，然后掏出了一部手机——一部她用博士的旧设备改造而成的奇怪手机。"是视频电话哦!"哈珀咧嘴一笑,"我们的老朋友打来的——"

"**艾希**!"茱迪惊叫起来。她凑到哈珀身边,好看清屏幕。"你怎么样?我喜欢你的发型!你那边的天气如何?"

"嘿,茱迪。"艾希说,"一切都很好,只是,我好想你们。"

"我们也很想你。"摩根边说边挤到了哈珀的另一边。

甜颊男爵一听到艾希的声音就吱吱叫了起来,哈珀见状乐开了花。"甜颊男爵向你问好,要不然它就是想吃晚饭了。"

"甜颊男爵最好了。"艾希说,**"我新班级的宠物是一条蛇**,朋友们,一条蛇!我都要被吓坏了。"

甜颊男爵吱吱叫着,表示赞同。

"哎呀,蛇还行吧。"茱迪说。如果是一条不吃可爱啮齿动物的蛇,她还是愿意养的。世界上有素食主义的蛇吗?她赶紧把这个问题记住,打算下次去图书馆的时候查一查。

"今晚我们能玩《我的世界》吗?"艾希问,"我终于有空了!"

"不凑巧,"哈珀苦着脸说道,"我们在帮博士做一个项目,小波今晚也有社团活动。"

"哦,那太不巧了。"艾希说,"我总是错过和你们一起玩的机会,不过我相信,总能找到时间的。"

"希望吧。"摩根说,"你走了之后,一切都不一样了。西奥超讨厌的。"

"**别这样。**"艾希说,"这话说得太重了,摩根。"

"我说的是事实!"他说,"我听不懂他讲的笑话,他的团队意识也很差——一天到晚摆出一副他才是老大的架势,干涉各种事情,**还喜欢跟我们说自己是个代码天才。但我开始觉得,他连**

个网页都不会制作。"

"哦……"一个声音响起，茱迪的心立刻沉了下去——她知道那是谁的声音。

他们转身，看见西奥站在门口，捧着一盒菠萝比萨，还穿着那件方头帮的T恤。然而他的脸上写满了心碎。"我只是……我寻思你们可能想来点儿菠萝比萨，但是……"

他说不下去了，只好转身，跌跌撞撞冲进走廊里。

"西奥，等等！"茱迪边说边朝他跑去。然而她还得绕过各种植物，避开跑来跑去的仓鼠球。等她终于来到门口时，**西奥早已不见踪影。**

摩根用手扶住额头。"坏了。"他说。

"当然坏了。"茱迪愤怒地说道，"我已经被博士和密涅瓦女士搞得焦头烂额了，现在还得来解

决你俩的问题。我之前是怎么和你说的,要你好好对人家!"

"我不知道他在那里。我会想办法的,"摩根说,"想办法跟他解释。"他的脸涨得通红。至少他还知道羞愧呢,茱迪想着,这个开头还算不错。

"听起来,你们那儿发生了很多事啊。"艾希通过电话说道,"想和我说说吗?"

摩根、茱迪和哈珀同时叹了口气。

"说来话长。"哈珀说道。

"我有的是时间。"艾希说,"跟我讲讲吧。"

茱迪笑了,她把仓鼠球里的甜颊男爵从地上捡了起来。**艾希总能舒缓她的心情,让一切问题看起来都不是问题。**

这一点没有因为距离而改变,这让茱迪感到欣慰。

第八章

说句实话：

即使菠萝能中和甜咸两味，

放在比萨上还是太奇怪了。

西奥内心五味杂陈。摩根的话让他感到愤怒，可他又担心其余的朋友也和摩根想的一样。最糟糕的是，他感觉很愧疚。

因为，万一摩根说的是对的呢？万一自己的模组真的把游戏搞坏了呢？**万一大唤魔者真的回不来了呢？而这一切都是他的错呢。**

西奥逃离蝴蝶谷后，又一刻不停地奔向马路对面，来到了石剑图书馆。他甚至没意识到自己手里还捧着比萨盒，直到马洛里先生提醒了他。

"抱歉,西奥。"他说,"这里禁止饮食哦。"

"哦,"西奥看了看手里的盒子,"你想吃吗?先生。我也不是很饿了。**这里面是菠萝……**"

马洛里先生笑着接过盒子。"不是我喜欢的口味,不过我会把盒子放到休息室里,那些高中志愿者什么都吃。"他望了望西奥身后的门,似乎在等着其他学生冲进来,**"其他人呢?**我以为你们总是一起行动的。"

"差不多吧。"西奥看起来有些窘迫,"但有些时候,他们不太把我当成团队的一员看待。我不懂,我真的很努力在融入了……"

马洛里先生点了点头。"我懂,我们都经历过这种事情。"他说,"但有时候,努力融入并不是最好的选择,**因为一旦用力过猛,你就不再是你自己了。**你的朋友们喜欢的应该是最真实的那个你。"

西奥沉默了一会儿,他的下巴一动一动的,仿佛在咀嚼一块黏黏的太妃糖。

"谢谢,马洛里先生,"笑容逐渐回到了西奥的脸上,"你给了我很大的启发。**那些电脑都空着吗?**"

"空着的。"他说,"不过,总有孩子会来的。我可能需要限制一下电脑使用时间……"

西奥的脸再次垮了下来。"真的吗?"他问道。

马洛里先生大笑了起来。"去玩吧,好好放松一下，把你的烦恼都暂时忘掉。"

"好。"西奥说道，但他并不想忘记那些烦恼，**他想消除它们。**

因为马洛里先生让他做自己，**而他……是个擅长解决问题的人——**

即使那意味着打破规则。

西奥以前经常独自玩《我的世界》，但一个人在这奇怪的虚拟现实版《我的世界》里闯荡，多少还是有些不习惯的。周围的寂静让他紧张。

不过，也确实该紧张点儿——**末影魔王还在外面飘荡着呢。**

而西奥下定决心要找到他。

西奥把棚屋里的箱子翻了个底朝天，挑出一套钻石盔甲、一柄钻石宝剑，还有一些治疗药水。现在，他感觉安全多了……**但他还是得记着把所有**

东西放回原处,不然摩根肯定会更生气的。

他沿着几天前走过的路,小心翼翼地在树林里穿行。在那片打斗过的空地上,**方形的脚印乱成了一团**,但西奥还是成功地在空地边缘认出了末影魔王的脚印。

这串脚印带着他离开了树林,穿过一片向日葵平原,来到了一座矮山脚下。脚印偶尔会消失,此时西奥就必须在周围搜寻一番,直到找到下一串脚印。对此只有一种解释:末影魔王在移动的过程中使用了传送。他不会传送得太远,但西奥还是在搜寻上耗费了很多宝贵的时间。太阳西斜,主世界被黑暗笼罩。西奥点燃了火把,在火光的照耀下再一次找到了末影魔王的踪迹。

哪怕有钻石盔甲加身,西奥还是感到一阵恐惧。

夜最深的时候,西奥终于找到了末影魔王。**西奥先看到了他的眼睛,**那双可怕的红眼睛似在黑暗里发光。

紧接着,西奥意识到他犯了错。如果他能看到末影魔王的眼睛……

那末影魔王也能看到他!

末影魔王发出了一声令人胆寒的啸叫,那声音直侵西奥骨髓。他举起宝剑,试图自卫——

然而那宝剑却从西奥手中被传送走了!

"行吧。"西奥想,"没关系,我本来也没打算伤害他,只是想好好看看他。"

现在,这一目标倒更容易达成了——毕竟,末影魔王已经传送到了西奥眼前。

西奥敏捷地后退了一步,才堪堪躲过这怪物飞来的一拳。他强迫自己冷静下来,内心已经有了一个关于末影魔王真实身份的猜测……但他还

需要证据,他需要某种证据来证明这怪物并不是末影人,而是——

砰!末影魔王的第二次攻击迅速袭来,这让西奥差点儿摔倒。

他出手很重,不过还好,西奥还有一身坚实的钻石盔甲来保护自己。

末影魔王发出了一声低沉的吼叫。**他的眼里闪过一道明亮的红光**,下一秒,西奥的钻石盔甲……居然不见了。

末影魔王把他的钻石盔甲也传送走了!

现在西奥开始担心了，他好像真的陷入了麻烦。或许，他就不该一个人来尝试做这种事情，或许摩根说的都是对的。

西奥后撤到一棵树前，紧紧靠着树干。末影魔王则步步逼近，自上而下笼罩着西奥。西奥努力想在他脸上找到些许智慧与同情的痕迹。"**求你了。**"他说。

就在此时，奇怪的事情发生了。末影魔王张开了嘴，像是要再次发出低吼。

可从他嘴里冒出来的却是一句话：

"**别看我！**"

西奥倒吸一口气，末影魔王说话了……可那分明是大唤魔者的声音。

西奥意识到自己的猜测是对的——大唤魔者的代码并没有被删除，只是被修改了。

被改成了……这样。

他试图从这一想法中获得些许慰藉，与此同

时，末影魔王已经高举手臂，准备好发动致命一击。

说时迟，那时快，空中忽然有一只瓶子飞来，正中末影魔王的背部。这怪物惊讶地瞪大了眼睛——**下一秒，他就传送走了。**

没有末影魔王挡在眼前，西奥终于看清了，原来循着脚印跟过来的还有另一个人，一个他意想不到却又令他欣喜若狂的人。

"艾希？！"西奥说。

"你还好吗,西奥?"她问道。

"现在没事了。"他揉了揉还在隐隐作痛的脑袋,"你来得真及时。刚刚你是用啥砸跑了那怪物?"

"水而已。"她回答道,"摩根和哈珀跟我说了所有事,**我知道那绝对不是一个一般的怪物……**不过他倒是和其他末影人一样讨厌水。"

"我早该想到的,"西奥自责起来,"**武器显然没有用,可我还是把我们唯一的钻石宝剑弄丢了。**"

"你说的是这柄钻石宝剑吗?"艾希把剑举起来给西奥看,"我在附近的一棵树下找到的,**还在思考这是从哪里来的呢。**"

西奥笑了一下。"还好还好。现在摩根只能轻轻数落我两句,而不是重重地骂我了。"

艾希捂着嘴笑了起来。"关于这件事,我多少也听说了。"她说,"别忘了,就在不久前,我也是个新成员呢。"她把剑递给了他,**"我们在那怪物回来之前先离开这里吧,**然后你再来和我说说你一个人在这里做什么……或许我还可以给你一些和摩根相处的建议。"

这次,西奥由衷地笑了。"那太好了。"

回棚屋的一路上,他俩都睁大了眼睛,警惕着周围的情况,虽然没找到丢失的钻石盔甲,但好在也没碰上躲在树后面的红眼睛怪物。西奥觉得,自己还是挺幸运的。

"摩根这个人呢，是这样的，"艾希说，"他是你能遇到的最善良、最忠诚的伙伴了。**但想要成为他认可的朋友，门槛也很高。**"

"我也有这种感觉。"西奥说，"我知道他觉得我的团队合作烂透了。"

"**团队合作是一种能力，**就像……弹钢琴那样，"艾希说，"每个人都能弹，但是想要弹得好听，长期的练习是必不可少的。哪怕是摩根那样的人也需要练习。他喜欢掌控一切的感觉，但也需要有人时不时来提醒一句，他不是《我的世界》的老大。"艾希又笑了，"而我就是那个擅长提醒他的人。"

"那我该怎么做呢？"西奥问道，"明天一进学校就和他说：'嘿，摩根，别发号施令了。'这听起来就不行。"

"不，这样没啥好处。"艾希说，"你得向他展示你很在意整个团队，得让他知道他能信任你。

这意味着你必须保持真诚……包括告诉他们，你今天来这里的原因。"

西奥陷入了沉思。**他之前并没有在模组那件事上说实话。**

"那万一，事实只会让他更生气呢？"

艾希想了一会儿。"或许吧，但你不能因为恐惧就放弃诚实。这是与摩根他们建立真正友谊的唯一办法。"

西奥叹了口气。艾希把整件事情描述得云淡风轻，但他也知道，她是对的。

快到棚屋的时候，西奥的余光瞟到了些什么，**那是天空中一束微弱的光。**最开始，他还以为是末影魔王找到了他们，然而并不是……

"嘿，艾希，"西奥说，"你看到那个了吗？"

艾希眯缝着眼睛。"这绝对有问题。"她表示赞同，"我们爬到山坡上去仔细看看吧。"

他们离天空中的那点异常近了些，然而依旧很

难看清。那就像是嵌在黑暗里的一块颜色更深的补丁，只有边缘闪烁着浮油一般的光。

那是一个洞，**是天被撕开了一道口。**

西奥从未见过如此景象，艾希也没有。

"又多了一件要担心的事。"西奥说。

"一件一件来。"艾希说,"明天,你要和摩根他们来一场重要谈话,先操心这个吧。"

"也是。"西奥说。相比于《我的世界》天空里某些诡异的光亮,还是那场谈话——或者说是他的坦白,听起来更吓人。

西奥一点儿都不期待这场谈话,一点儿都不。

第九章

是坦白!

是探寻!是转变!

一切都像第一次张开翅膀的蝴蝶!

小波一边嚼着午餐的花生黄油三明治,一边听茱迪和哈珀讨论她们的拯救教师友谊计划。摩根在一旁时不时点点头,啃一口香蕉。西奥则只是安静地坐着听。

"我们必须得做点儿什么。"茱迪说,**"就因为几个茧和一台智能咖啡机,她俩的友谊就要走到尽头了,我们可不能坐视不管。"**

"但我们能做什么呢?"小波问道。

"我获得了今早进入教工休息室的许可,"哈珀说,**"并且让咖啡机重新运转了起来。"**

"难怪密涅瓦女士今早看起来好多了,"摩根说,"至少点名的时候,她没再叫错我的名字。"

"你真是个天才,哈珀。"小波说,"你是怎么在这么短的时间里把这么高科技的咖啡机修好的?"

哈珀咧嘴一笑:"它没坏,只是插头被博士拔掉了。居然没人想到要去检查一下电源线。"

"真是高科技。"小波说,"我就说嘛!对吧,西奥?"

西奥仍一言不发。事实上,他一整个早晨都没怎么说话,**显然心不在焉。**

"我们接下来要做的,"茱迪说,"就是向年鉴社团要一些照片——很多照片,很多很多的照片,把所有跟博士和密涅瓦女士相关的都要来。"

"之后我们要做一个相册。"哈珀说,"做完之后,我会扫描一份,把电子版传到博士的平板电脑里,而你们就偷偷地把实体相册运到图书馆里。可以把实体相册塞在密涅瓦女士那堆吸血鬼小说中间,她一定能看到。"

"**她确实很喜欢那些吸血鬼小说。**"小波说。

"然后就好啦!"茱迪说,"煽情的弦乐响起,她们终于意识到两人的友谊有多么珍贵,我们也成功拯救了世界。"

"太棒了。"小波说着,又咬了一大口三明治。

就在这时,西奥终于下定决心开口说话。**"我得告诉你们一些事情。"**他说,**"我犯了错。"**

小波本想问一句"怎么说",然而他的嘴里塞满了花生黄油三明治,于是这句话就变成了"肿么硕"。所有人都白了他一眼,但西奥还是回答了他的问题。

"**我一直在制作模组。**"他说,"比如你们都看到的那个脚印模组,那只是冰山一角。我制作了各种东西,并且……"他做了个深呼吸,"还修改过博士的模组。"

"我就知道!"摩根咆哮起来,其他人赶紧制止了他。

"**说下去,西奥。**"哈珀说。

"我不是故意要找麻烦的,"西奥说,"但学习编程最好的方式就是研究别人的代码。我想着,要是能搞清楚博士改造游戏的方法……弄明白她的模组……我就能找出大唤魔者出问题的原因了。我觉得

这能帮助我复原他。"

茱迪双手捂住了脸。"西奥,"她说,**"是……是你的模组……毁掉了大唤魔者吗?"**

"不是……有可能……"西奥说,"我不知道……但大唤魔者没有死,他只是……变得不同了。"

"什么意思?"哈珀问,"怎么不同了?"

"大唤魔者没有爆炸,他只是改变了形态。"西奥说,**"他变成了……末影魔王。"**

小波倒吸一口凉气,所幸没有被三明治呛到。

"那个恐怖的东西是……或者说曾经是……我们的朋友?"茱迪问道。

"可怜的鲍勃。"小波说道。

"这是永久性的吗?"哈珀问,**"我们能复原他吗?"**

"我……我不知道,"西奥说,"应该可以吧,我会尽一切努力。"

小波注意到,摩根没有再说话了。西奥甚至不敢往他的方向看。

在下一个人开口说话前,**餐厅的门忽然被撞开——**博士冲到了他们的桌子前。"蝴蝶谷的志愿者们!"她大喊,**"破茧成蝶的时刻到了!快过来!"**

不等大家回答,博士便夺门而出。小波甚至没来得及理解她说的话。

"走吧!"荣迪说。

"我们还没讨论完呢。"摩根说。

哈珀已经起身离开了座位。"我们可以去蝴蝶谷讨论。走吧。"她边说边用力拉住西奥,"我可不想错过破茧成蝶的时刻。"

小波因为期待,全身都微微颤抖。**有几只蝴蝶已经出来了**,但大部分还躲在茧里准备着。他被眼前的景象震住了。新生的蝴蝶轻轻地从茧里钻出,仿佛还在犹豫,又好像有点儿害羞。紧接着,它们慢慢展开自己的翅膀,尝试着扑棱两下后,本能地学会了如何飞翔。很快,它们就漫天飞舞起来。

小波本以为,所有蝴蝶的颜色都是一样的,然而实际上,每只蝴蝶都有着不同的颜色:蓝色、橙色、粉色、绿色……**他感觉自己仿佛置身于旋转的棱镜之中。**

一只浅蓝色翅膀的蝴蝶停在了小波的鼻尖,小波觉得痒痒的。当他笑出声时,这只受惊的蝴蝶又赶忙飞走了。

"**好神奇啊,**"他说,"它们居然在茧里长出了翅膀,那可是一个全新的身体部件。"

"除了翅膀,"哈珀说,"还有长长的腿和触须,以及结构更复杂的眼睛。蜕变是很神奇的——它们需要在身体发生变化的时候,用茧来保护自己。"她皱了皱眉,"奇怪的是,**我感觉**

我在最近一次的游戏里看到了蝴蝶,就是爆炸之后。"

"我也看到了!"小波说,"我在那团烟尘里看到了好多。"

西奥忽然脸色苍白。"怪了。"他说,"蝴蝶确实是我加上去的模组,因为我想着马上就要在博士的课上学关于蝴蝶的知识了,一拍脑袋就做了一个。"

"所以你做出了电子蝴蝶,"摩根说,"还让它们在游戏里乱飞?"

西奥摇了摇头。"不可能。我在确认这个模组能用之后,就卸载了。**游戏内是有蝴蝶代码的,但并没有被激活。**"

小波看见茱迪的眼睛一亮。"这简直就像……就像是有人在试图和我们对话。"

哈珀意味深长地看了茱迪一眼。"你的意思是……"

"你们想啊,"茱迪说,"根据西奥的说法,大唤魔者经历了一次巨大的转变,**一次蜕变**!在那之后,蝴蝶就立刻出现了。"

"**所以你觉得,大唤魔者是在试图向我们解释发生了什么,**"小波说,"而他用的就是西奥的蝴蝶代码?"

茱迪激动地点了点头。"没错!你们想啊,之前我们一直说他变成了'结结实实的一块石头',

说他石化了，但万一那块石头其实是个保护壳，是保护他在变形期间免受伤害的茧呢？"

"有点儿道理。"哈珀说，"他会成为我们的朋友，并不是他的代码让他这样做，而是他自己决定的。他也一直在学习如何理解和处理各种情感。**他的程序变得很快，所以这也可能是他自己生成的茧，在他重写代码、进化成高级版大唤魔者的时候用来自我保护的。**"

"但这就意味着……"西奥笑了，"这就意味着，他产生变化不是我的错了！他总归会变的。"

哈珀皱了皱眉头。"这些还只是猜想。但我觉得，他原本是不会变成末影魔王的。他的程序一直在变化……这个过程很容易被破坏……"

"所以我在摆弄博士代码的过程中，造出了一个怪物。"西奥的头又垂了下去。

蝴蝶谷的门忽然开了,博士走了进来,这原本没什么。但小波惊讶地看到她身后跟着的居然是密涅瓦女士,后者手里还捧着一杯咖啡。

"看到了吧,密涅瓦女士,"博士说,"这和我说的一样!"

"太神奇了。"密涅瓦女士说,**"这是我做梦都不敢想象的场景。"**

两位老师都笑了起来。

小波悄声对茱迪说:"看样子,她们没再闹矛盾了?"

茱迪也小声回话:**"以防万一,我还是把相册做出来吧。"**

老师们每看到一只新的蝴蝶都会大呼小叫,摩根在一旁观望着,又转头看了看西奥——他似乎还在被负罪感折磨。

摩根一定是被老师们冰释前嫌的行为感动了,**他伸出一只手,放在西奥的肩上:"这不是你的错。"**

小波可没有预料到这一幕。

"你只是想帮忙，"摩根继续说道，"我们都理解。既然你已经诚实地告诉了我们一切……**我们也会想办法解决这些问题。**"

"你说的是真的吗？"西奥问。

"这就是团队的意义呀。"哈珀说着，把手放到了西奥另一边的肩膀上，"我们一起面对问题，一起解决问题。"

"从哪里开始呢？"茱迪问。

"嗯，首先，我们得确保末影魔王不会跑掉。"西奥说，"如果他溜走了，就很难再找到了。"

"所以我们得抓住他？"小波问，"这听起来好难，毕竟我们都不能看他。"

"我倒是知道一个方法，"摩根说，**"可以让我们看到末影人，但又不至于激怒他们。**我想这对末影魔王同样适用。"

"好，有了摩根的方法，我们就能直面那个恐怖的怪物了。"小波说，"下一个问题：我们要怎样抓住一个能随时传送走的东西?"

"关于这个,我倒有个想法。"哈珀说,"我们可以用他的能力来反制他。**比如……让他传送到一个陷阱里,怎么样?**"

"我喜欢这个主意。"小波激动地说。

是时候让末影魔王知道这支小队的厉害了。

第十章

南瓜头套!
这可是今年最时兴的怪物猎人装束。

为了追捕敌对生物,哈珀专门换了一套更合适的皮肤。她想着,既然小波能在每次冒险的时候都换一套新皮肤,那她为了某些更实际的理由而换皮肤也无可厚非。然而此刻,她觉得自己荒谬至极。"摩根,**再解释一遍,我为什么要把这个南瓜套在头上?**"她要求道。

"这样更安全,我保证!"摩根对她说,"末影魔王比末

影人更强,但他的行为还是和末影人一样。"**他也往头上套了一个南瓜,**"末影人会攻击所有看他们的人……除非那个人头上套了南瓜。"

"就我个人而言,我非常喜欢这个计划。"小波说,"这个头套简直太酷了!"**他在南瓜头套下面穿了一身黑衣,肩上还披了深色的斗篷,**看起来和《睡谷传说》里的无头骑士一模一样。

哈珀叹了口气。她总觉得摩根在搞恶作剧,但她又清楚,摩根不会在如此重要的事情上开玩笑。

为了拯救他们的虚拟伙伴,哪怕只有一丝希望,**他们也必须抓住那个怪物。**

"再来复习一遍计划吧。"哈珀说,"首先,我们要挖一个深坑,然后在边缘铺满灵魂沙。灵魂沙就用我上次

从下界收集来的那些。"

"因为，根据摩根的说法，末影人站在灵魂沙上的时候，是不能传送的。"茱迪说。

"这个方法只在白天管用，"摩根说，"所以我们得把握好时机。"

"也就是说，我们得让末影魔王传送进深坑里。"小波说，**"这样，他不能传送出去，也没法儿从那么深的地方爬出来。"**

"现在只剩下诱饵的问题了。"西奥说，"我们用什么把末影魔王引到深坑里呢？"

"不是什么，"摩根说，"而是谁。"他转过头，注视着西奥。

哈珀知道是自己眼花了，但她总觉得，西奥的形象看起来有些悲壮。

末影魔王并不难找。他还在他们第一次战斗的

地方游荡，没有去很远的地方。**他从一棵树传送到另一棵树，并随意地将各种方块挪来挪去。**

哈珀将一些盛着亮蓝色液体的瓶子分发给大家。"各位，把这个喝完。"她说。

"这看起来像运动饮料。"小波说。

哈珀笑了。"差不多吧。这是迅捷药水。**和一个会传送的敌人竞速，我们还是得快一点儿。**"

西奥将他的药水一口喝下。"我已经迅捷起来了。"西奥说，"祝我好运吧。"

"我们就在你身后。"茱迪保证道。

西奥脱下南瓜头套，直直地望向末影魔王。

"**捉迷藏咯！**"他大喊道，"我看到你啦，末影魔王！"

末影魔王循着西奥声音传来的方向回过头，接着发出了一声令人血液凝固的尖叫。

"就是现在，西奥。"哈珀说，"快，快跑！"

西奥转身跑了起来,并暗中希望自己的速度够快。就在同一时间,末影魔王传送到了西奥原本站着的位置,朝着空空如也的草地猛挥了一拳。

那怪物沮丧地大吼一声,用他凶恶的红色眼睛扫视着树林。他终于发现西奥了,又立刻传送了过去,却再次扑了个空。

"西奥能一直跑在前面,多亏了迅捷药水!"哈珀说道。

"我们得跟住他们,以防西奥的运气——或者力气——用完。"摩根说,"走吧,各位!"

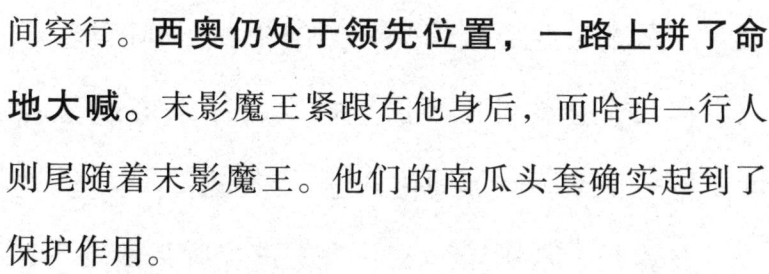

他们都跑了起来,在树林间穿行。**西奥仍处于领先位置,一路上拼了命地大喊。**末影魔王紧跟在他身后,而哈珀一行人则尾随着末影魔王。他们的南瓜头套确实起到了保护作用。

终于,众人来到了树林尽头,那里也是深坑的

所在之处。西奥并没有减速,而是直直地跳进了深坑里。**他大概会因为坠落而受到伤害**,但那总比被紧跟在身后的怪物打一拳来得好。

末影魔王会跟着下去吗?哈珀屏住了呼吸。

很快,她就发出了胜利的欢呼。**末影魔王中计了**——他毫不犹豫地传送进了深坑里。

在躲开了末影魔王又一次的进攻后,西奥迅速跳到深坑远端的一架梯子上,爬了上去,使自己处于那怪物的攻击距离之外。他一爬上草坪，等在那里的摩根就立刻用镐把梯子劈成了碎片。

他们成功了，计划奏效了。**他们抓住了末影魔王！**

但接下来要怎么处置他呢？

艾希在棚屋附近找到了她的伙伴们。他们站在一个深坑边上，看起来神情严肃。

然而见到艾希的一瞬间，所有人的眼睛都快乐地亮了起来。

"艾希！"茱迪大喊着，**投入了艾希方方正正的怀抱里。**

"嘿，茱迪，"艾希说，"见到你真好。不过，呃……小波为啥在头上套了个南瓜？"

"时尚！"小波说罢，便用胳膊圈住了茱迪和艾希。紧接着，**哈珀和摩根也加入了这个巨大的**

拥抱。

只有西奥还站在深坑旁边,保持着距离,有些害羞地挥手打了声招呼。

"我们抓到他了,艾希。"西奥说,"我们把末影魔王关起来了。"

"不过也只是暂时的。"摩根边说边看了眼早已西斜的太阳,"太阳落下之后,这怪物就能重新传送了。到那时,我们就很难再抓到他了。"

"所以现在要怎么办?"哈珀问道,**"我们需要时间来研究怎么复原大唤魔者。"**

"我们能做个笼子吗?"小波问道,"某种让末影魔王没法儿传送出去的笼子。"

"或许我们可以把他的生命值打低,"摩根说,"这样说不定他会以最初形态重生。"他说着,掏出一把弓,"从这里往下打,简直是瓮中捉鳖。"

"这太冒险了,哥哥,"茱迪说,"而且,也很残忍。"

"让他逃走同样很冒险。"摩根说。

艾希低头注视着那怪物。怪物在灵魂沙上来回走动,看起来很焦虑,甚至还有几分恐惧。他抬头看了一眼,红色的眼睛便对上了艾希的目光。

下一秒,**他尖叫起来,**浑身颤抖,用尽全力想要传送离开。

然而无济于事。

"别看我!"他大喊道,"别看我!**快别看**

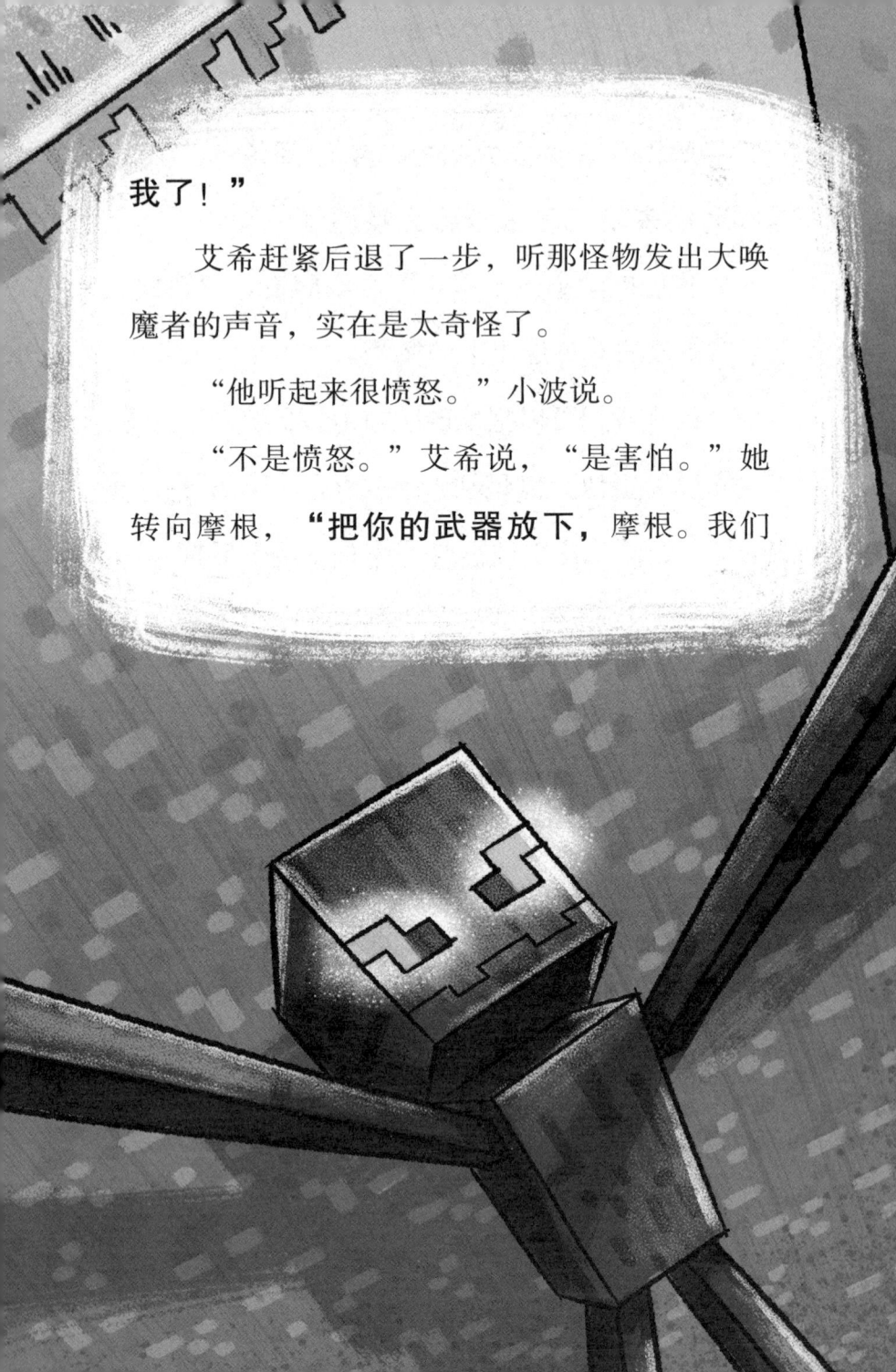

我了!"

艾希赶紧后退了一步,听那怪物发出大唤魔者的声音,实在是太奇怪了。

"他听起来很愤怒。"小波说。

"不是愤怒。"艾希说,"是害怕。"她转向摩根,**"把你的武器放下,摩根。我们**

不该攻击他。"

摩根将弓放回物品栏,然而他的眼中仍然充满了戾气。"那我们还能做什么?"他问。

艾希双手握拳叉着腰问:**"有人试过和他说话吗?"**

"说话?"小波问,"和'恐怖发光眼先生'吗?"

"他能用大唤魔者的声音说话,"艾希说,"是不是也能用大唤魔者的耳朵听?"

所有人都沉默了一会儿。

"我来试试吧。"西奥说。

紧接着,他好像忽然意识到自己说了什么。"前提是大家都同意。"他补充道,"从现在开始,**我不会再随意做出影响所有人的决定了**,我会先和你们讨论。"

"展开说说,你想做什么?"摩根抬了抬一

侧的方形眉毛。

"我想回到坑里，"西奥说，"我想和末影魔王谈一谈。**就我和他，单独谈谈。**"

第十一章

末影魔王原来是……？
你拿着的是我的石头腿！

西奥没有再戴他的南瓜头套。他想让末影魔王清清楚楚地看见他。**或许，末影魔王身体中曾属于大唤魔者的那一部分会认出西奥是自己的朋友。**

西奥要做的就是避免眼神接触。那怪物已经冷静下来了，西奥必须万分小心，不能再激怒他。

沿着梯子往下爬的时候，西奥能感受到身上来自伙伴们沉甸甸的目光。所有人都紧张极了，尤其是摩根，**因为他不喜欢这种事情脱离自己控制的感觉。**

而这次，一切都要看西奥的了。

一爬下梯子，西奥就紧盯地面。灵魂沙形态诡异，仿佛是在故意为这一刻增添恐怖的气氛。

"我，呃，我没有恶意。"他说，**"我只是想来跟你聊聊。"**

末影魔王一言不发，但也没有做出任何攻击性的动作。

"你还记得我吗？我是西奥。我们都当过团队

里的'新成员'。"他笨拙地往前迈了一步,"**当时,你自称大唤魔者。**"

怪物又发出了那种恐怖的尖叫声。西奥全身颤抖了一下,接着把双手举到了身前,眼睛则还是盯着地面。

尖叫声停止,**末影魔王忽然开口。**

"不是大唤魔者。"他说,"大唤魔者的……恐惧。"

"恐惧？"西奥自己也害怕了，"我不明白。"

"大唤魔者……**就一个**，大唤魔者……有六个。"

西奥花了点儿时间才理解末影魔王的话。当事实终于摆在他面前时，他不禁倒吸一口凉气。

他理解对了吗？**这种离奇的蜕变真的可能存在吗？**

眼前的末影魔王只是大唤魔者的一部分，他总共分裂成了六个全新的生物。

西奥忽然回忆起茱迪说服大唤魔者成为他们朋友的那一刻。当时，大唤魔者害怕了——**他害怕改变。**

难道末影魔王真的是那一部分的他？是大唤魔者的恐惧？

"听我说，"西奥说，"我知道那种……害怕的感觉。我知道那种不想被任何人看到的感觉。因为，万一他们看到之后就不喜欢你了呢？"他颤抖着,深深地吸了一口气,"成为隐形人确实更安全,**更安全……但也很孤独。你感觉孤独吗?**"

末影魔王沉默着,但西奥能听见他发出的那种诡异的、不属于这个世界的声音。那是末影人的声音。西奥就快成功了。

西奥再次向前迈了一小步。

"现在,我要抬头看你了。"他说,"我知道这很吓人,但我希望你可以勇敢一点儿。因为我是你的朋友,而朋友之间是不会隐藏最真实的自我的。"

西奥抬起了他方方的下巴,凝视着末影魔王的脸,**直直地望进了他血红的双眼。**

"不害怕。"末影魔王说。

"很好,"西奥说,"很好。"

那怪物的眼睛亮起了红光,全身也都在发光。他倾身上前,贴在西奥耳边说了些什么。

西奥甚至没来得及回应,末影魔王便被一束刺目的光吞没——**那是一束由方块像素蝴蝶组成的光**,蝴蝶密密麻麻地从西奥身边飞过。这无尽的色彩让他不得不护住双眼,扭过头去。

当蝴蝶飞尽时,**末影魔王也不见了**。他曾站立的地方,只留下了一条长长的东西。

大家纷纷下到坑里，聚集在这个东西周围，观察起来。

"那是什么？"茱迪问。

"是一条腿。"西奥说，**"是大唤魔者的第一块残片。"**

"第一块？"艾希问道。

"你是说……这只是个开始？"摩根追问道。

"我会解释清楚的，"西奥边说边用手**戳了一下那条腿，**"不过首先，我们得决定一下，由谁来保管这条腿。"

第十二章

除开那些七零八落的代码
和不祥的警告，
一切都很好！

第二天午餐时，西奥在征得博士同意后回到了石剑图书馆。他已经向社员们保证，会卸载那些模组——至少，在大家投票决定哪些模组有用前，还不能使用它们。

卸载模组还算容易，但当西奥看见博士的代码时，他不禁倒吸一口气。

数行代码都消失不见，**许多文件也被删除。**那些打造了他们的独一无二的《我的世界》的模组代码……已经不再完整了。

西奥的编程知识不足以让他理解眼前发生的事,但有一点他是很清楚的,那就是这件事的后果一定非常糟糕。

显然,被改变的不止大唤魔者一个,**游戏本身也发生了变化。**

在通向图书馆出口的路上,西奥看见密涅瓦女士、博士和马洛里先生在一起打发午休时间。**他们**

坐在石剑的雕像旁边,开怀大笑着。

马洛里先生最先发现了他。"嘿,西奥,"他说,"你和你朋友们的问题解决了吗?"

"大概吧。"西奥说,"我听了您要做自己的建议,听了我朋友艾希要诚实的建议,差不多就是把这两个建议合在一起了。"他耸了耸肩膀,**"我希望我的朋友们能看到、能接受最真实的我,**所以我想,一切都会变好的。"

密涅瓦女士点了点头。"说得好,西奥,"她说,"记住——友谊是需要努力经营的,并且这种努力是没有尽头的。""而有些友谊则需要加倍的努力。"博士说着,咯咯地笑了起来,惹得密涅瓦女士瞪了她一眼。

"我不明白。"西奥说,"我是说……我没有冒犯的意思,但两天前,**你们不是还对彼此恨之入骨吗?"**

博士弹了下舌头。"我们已经做了太久的朋友,

永远不会对彼此恨之入骨的。"

"有时候呢,朋友之间是会产生分歧的。"密涅瓦女士补充道,"有时候,这种分歧会非常大。但是没关系,只要你们依然尊重彼此,并且在一些根本问题上保持一致就好。"

"根本问题?"西奥重复了一遍。

"没错。"她说,"举个例子,博士和我都相信教育的重要性。**我们都觉得,当老师能带给我们真正的快乐,并且你们这群孩子都值得拥有最好的一切。**"

"还有,我们都觉得蝴蝶谷能为学校锦上添花,"博士补充道,"更别说,它还给了我升级系统的机会。**伍德斯沃德中学将会成为拥有尖端科技的学校!**"

密涅瓦女士举起双手表示投降。"我想,偶尔出点儿岔子也行吧。"

"哦!"马洛里先生说,"这倒提醒我了。"

他从西奥手中拿过 VR 设备，"我们不能再放着这些东西不管了，得把它们登记到系统里。"

"但是……"西奥说，"但是我们一直都会在晚上把它们带回家的呀，很安全的。"

"放在这里也一样安全，西奥。"马洛里先生说，"放在媒体中心能有什么问题呢？"

马洛里先生微笑着，但这并没有让西奥感觉好受些。**西奥得把整套设备留在这里，这已经是板上钉钉的事情了**……之后，任何人都能使用它们。

或许，把计算机实验室搬到石剑图书馆并不是那么好的一件事。

晚点儿再考虑这个问题吧，西奥想。最近似乎有成百上千个问题堆积起来，就像堆出了一座注定会倒塌的高塔。

西奥穿过十字路口，回到学校，迎来了一个意外的惊喜——

一个非常暖心、非常"绿"的惊喜。

"我们还不能用方头帮这个名字，"摩根说，**"但我必须承认，这些衣服确实很好玩儿。"** 摩根、哈珀、小波和茱迪站成一排，自豪地穿着那件T恤，哈珀手里还抱着一盒比萨。

"大家都觉得，我们欠你一盒比萨。"她说，"还是菠萝的。"

"只有半面有菠萝。"小波说，**"这配料真的太诡异了，兄弟。"**

"这叫妥协！"茱迪说着，举起了哈珀的手机，"对吧，艾希？"

"没错。"艾希在手机

的另一端喊着,"欢迎加入我们的小队,西奥!这次是真的。"

"还有呢?"茱迪边说边给她的哥哥递了个眼神。

"**很抱歉,我在一开始的时候孤立了你——你并没有我说的那么讨厌。**"摩根咕哝着,转而又笑了,"艾希和茱迪提醒了我,有时候,我确实太凶了。"

西奥露出了笑容。"没关系的,我有时候也会着急。"他挠了挠头,"我没问过大家的意见,就擅自做了很多决定,**并且事后也不告诉你们。这么做是因为,我怕惹你们生气。**"他耸了耸肩,"我从来没有过像你们那么亲密的一群伙伴,所以还需要时间来适应一下。"

"我们会想办法的,"摩根说,"解决问题可是我们的强项。**不过我还是不太理解,为啥我的钻石盔甲会出现在一棵树上……**"

关于这点,西奥倒是闭口不谈,而在手机另一

端的艾希也只是坏笑着,一言不发。

"那就这样吧。"艾希开心地说道,巧妙地转移了话题,"要是我能穿过手机屏幕吃到这个比萨就好了,这样就会是真正的大团圆结局了!"

所有人都大笑起来。在欢声笑语中,西奥感觉自己所有的烦恼都消失不见了。

好吧,其实只是大部分烦恼。他还是忘不了刚刚看到的那些模组代码,以及末影魔王在最后时刻的警告。

"小心点儿。"末影魔王说,**"这个错误……会毁掉整个主世界。"**

《我的世界》是一款沙盒类的冒险游戏。在由山脉、洞穴、海洋、丛林和沙漠组成的无限世界中，尽情建造、玩耍和探索吧。击败成群的僵尸，烘焙你梦想中的蛋糕，冒险进入新的维度，或建造一幢摩天大楼。在《我的世界》中，一切都由你来决定。

尼克·埃利奥普洛斯是一位住在布鲁克林的作家，许多作家也都定居于此。空闲时，他喜欢将一半时间用于阅读，一半时间用于打游戏。他和他最好的朋友一起合作完成了《冒险家公会》系列小说。同时，他还是一家视频游戏工作室的剧情策划。无论过去多少年，末影人仍然会让他起一身鸡皮疙瘩。

艾伦·巴特森是一位英国漫画家和插画师。他的作品包括《金色童书：关于〈星球大战〉的一切》《是盖伊总会发光的！》《蜘猪侠》。他是魔方的狂热爱好者，也喜欢去异域旅行，最近开始将自己的天赋运用到和《我的世界》冒险相关的图书上。

克里斯·希尔是一位插画师，他和他的妻子以及两个女儿已经在英国伯明翰生活了二十五年。不工作的时候，他会和家人们待在一起，也会试图让他的狗狗在经历长途跋涉之后筋疲力尽。在那之后，如果还有闲暇时间，他会骑上他心爱的摩托车，一边享受风从脸上呼啸而过的感觉，一边思考下一次的插图冒险。